中国梦

Chinese Dream My Dream

我的梦

《中国梦 我的梦》编委会 / 编

辽宁人民出版社

图书在版编目(CIP)数据

中国梦 我的梦 /《中国梦 我的梦》编委会编.
—沈阳：辽宁人民出版社，2014.4(2015.4 重印)
ISBN 978-7-205-07970-3

Ⅰ.①中… Ⅱ.①中… Ⅲ.①散文集 – 中国 – 当代
Ⅳ.①I267

中国版本图书馆 CIP 数据核字(2014)第 064974 号

出版发行：辽宁人民出版社
地　　址：沈阳市和平区十一纬路 25 号
邮　　编：110003
印　　刷：辽宁彩色图文印刷有限公司
幅面尺寸：170mm×230mm
印　　张：6
字　　数：20 千字
出版时间：2014 年 4 月第 1 版
印刷时间：2015 年 4 月第 2 次印刷
责任编辑：娄　瓴　艾明秋
装帧设计：丁末末
插画设计：小虎子插图工作室　董建伟等
责任校对：刘再升
书　　号：ISBN 978-7-205-07970-3
定　　价：36.00 元

《中国梦 我的梦》
编委会

策　划
刘向阳　孙成杰

编　委
张东平　邵玉英
王　伟　马　春
高　原　李丹歌

撰　稿
高　爽姜　华

这是一本抒写中国人梦想的漂流书。朋友，请您在本书的任意空白处，写下您的梦想和联系方式，然后，请把它传递给下一位朋友，也请他写下他的梦想及联系方式。请一直这样传递下去，直到最后一位朋友。让我们所有人的梦想都随这本书漂流起来。请最后一位朋友，把我寄回家——

《中国梦 我的梦》编委会

辽宁省新闻出版广电局

沈阳市和平区北一马路 108 号　邮编 110001

写在前面的话

在这个春光烂漫的日子
我们欢喜相遇

我是一本来收集梦想的书
朋友，请在此留下你的
理想、蓝图、希望、目标
愿望、心愿、追求、抱负
并把我带给你的朋友
也请他写下他的希冀
这样，我才是完整的

据说
把写有梦想的纸条放在漂流瓶里
大海就会把它带到远方，为你实现

就把我当作承载梦想的漂流瓶吧
不断传递下去
直到最后一个朋友看到我

中国梦
这个盛开着各种梦想之花的乐园
需要每一个中国人去浇灌
才会更加美丽娇艳、姹紫嫣红

愿每一个人都能实现梦想
有梦想
生活才有意义，才有方向
才会生机盎然、妙趣横生
才会不虚此行、不枉今生

据说

将痛苦说给朋友听，痛苦会减几分

将幸福与朋友分享，幸福会加强

如果

我们彼此交换梦想

明天又会怎样

我叫梦想

热烈新鲜

永远是孩童般清澈纯真的模样

我来自中国

醇厚深沉

有着年轻又沧桑的独特面庞

你的梦想

是你最私密的收藏

有着你独一无二的气质和芳香

但也许

它并不只属于你

每一个你

文化基因里都有着 5000 年的岁月风霜

打开我，读懂我
走走这 5000 年的时光走廊
纯真又历尽沧桑
与我交换梦想
一起为无数个明天的你加油鼓掌

梦之追寻

中国梦，
在漫长的五千年历史河床里流淌，
渐去渐远的岁月
收藏了太多中国人追梦的身影，
时光荏苒，
一代代中国人从未停止寻梦的脚步……

2013 年的春天，

"中国梦" 一词触动了

中华儿女内心深处的集体意识，

成为 13 亿中国人对未来美好生活的憧憬和期待。

这个春天的故事，
将成为中国和普通中国人的共同记忆。

2000 多年前，

一个叫庄周的人做了一个怪梦。

在梦里，他变成了一只漂亮的蝴蝶，

在草丛花枝间翩翩起舞。

玩得正起劲，庄周醒了：
究竟我本来就是一只蝴蝶呢，
还是蝴蝶做梦变成了庄周？
庄生晓梦迷蝴蝶，
也许是中国文化中最绮丽又最难解的一个梦了。

1500 多年前，

一个叫江淹的书生来到浦城任吴兴县令。

夜宿城西孤山，

睡梦中神人授他一支闪着五彩的神笔，

自此文思如涌，

成了一代文坛风流魁首。

"梦笔生花"，

由此成为天下读书人的梦想。

1200多年前，
悲悯天下的大诗人杜甫作《茅屋为秋风所破歌》，
在被狂风吹得七零八落的草房前，
他吟出了
"安得广厦千万间，大庇天下寒士俱欢颜"。

这个梦想，我想你一定很熟悉，
　　　它的名字叫"隐居"。

800多年前，南宋名将岳飞也做了一个梦：
"昨夜寒蛩不住鸣。惊回千里梦，已三更……
白首为功名。旧山松竹老，阻归程。
欲将心事付瑶琴。知音少，弦断有谁听？"

这个"千里梦"就是一统河山的梦想。

后来的岁月里，多少人扼腕叹息，

"一吟双泪流"。

400多年前，葡萄牙人逐渐获得了澳门的租借居住权，

其后，香港、台湾、九龙、

威海卫、广州湾和旅大尽属他国。

"你可知 MACAU 不是我真姓，

我离开你太久了，母亲！

但是他们掳去的是我的肉体，

你依然保管我内心的灵魂。"

诗人闻一多道尽"七子"辛酸梦、回归梦。

公元 1860 年 10 月 6 日，
英法联军占领圆明园。
抢劫一空之后，下令烧毁圆明园。
大火连烧三天三夜，
万园之园变成一片废墟。
被法国作家雨果誉为
"理想与艺术的典范"的世界名园，
断壁残垣如折断了翅膀的梦想，
碎落飘零。

公元 1872 年，

年仅 12 岁的詹天佑

考入清政府"幼童出洋预习班"，留学美国。

在洋人科学技术的巨大成就面前，

他的少年梦是：

"今后，中国也要有火车、轮船"。

1905—1909 年，詹天佑主持修建京张铁路，

终成"中国铁路第一人"。

1912 年元旦清晨，孙中山抵达南京，
他将在这里主持成立中国第一个共和政府。
张灯结彩的路上到处都是欢呼的人群，
人们喊着"共和万岁！"

然而，
这似乎触手可及的共和国梦想
其实还遥不可及。
1925 年离世前，
孙中山写下遗嘱：
"革命尚未成功，同志仍须努力。"

天下为公

梦之实现

俱往矣，数风流人物，还看今朝。

让我们静静聆听

每一声走近中国梦的足音……

历史正确地选择了

那些能把握时代脉搏的骄子，

也选择了那些执著于梦想的人们。

中国的自强梦，

开始走向现实！

1919年1月的《新青年》上，
北京大学教授李大钊书写了自己的预言：
"人道的警钟响了！自由的曙光现了！
试看将来的环球，必是赤旗的世界。"

当时 30 岁的李大钊是用怎样的心情

写下这样激昂的文字？

梦想和激情从来就是这样密不可分。

1921 年 7 月 31 日,
12 个年轻人在浙江嘉兴南湖的一艘红色游船上
召开一个划时代的会议,
中华民族历史上红色的旅程由此开启。

那一年，会场上的毛泽东 28 岁，

会场外的周恩来 23 岁、邓小平 17 岁。

黑暗的时代里，

年轻人的激情与梦想同样可以茁壮生长。

1949 年，

毛泽东站在北京天安门城楼上，

向全中国和全世界宣布：

"中华人民共和国中央人民政府今天成立了！"

《义勇军进行曲》旋律响起，

新中国第一面五星红旗冉冉升起。

历史还应该记住那一天的另外两个声音：

"中华人民共和国万岁！" "人民万岁！"

是啊，祖国和人民。

1948 年 2 月，

东北重镇鞍山解放。

一年后的 6 月 29 日，

鞍钢 2 号高炉流出了新中国第一炉铁水。

1954 年 7 月，
新中国生产的第一架飞机在南昌试飞成功。
那时的每一天都是新的，
都有梦想正在实现。
1956 年 7 月，
长春第一汽车制造厂总装配线上
驶出了中国第一台国产"解放"牌汽车。

1955 年 6 月，

留美科学家钱学森一封写在香烟纸上的信

辗转送到周恩来总理的手上。

两个月后，

中国以释放 11 名美国飞行员战俘的条件换得

"抵得上五个师" 的钱学森回国。

就在钱学森回国前后，
一大批优秀人才从世界各地回到祖国，
为了一代知识分子的强国梦想。

1964 年 10 月 16 日，我国第一颗原子弹爆炸成功。
英国路透社记者伯杰向全世界发布了这样一条消息：
中国今天在格林威治时间七点爆炸了一颗原子弹，
从而闯入了世界核俱乐部。

英国人这样描绘自己眼中的中国梦：
今晚，我看到兴高采烈的中国人
拿着声明在大街上奔跑。
中国已决心通过它自己的力量在一切领域获得发展。

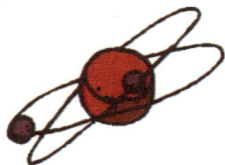

1970 年 4 月 24 日，

我国自行研制的第一颗人造地球卫星 "东方红一号"

在甘肃酒泉发射成功。

《东方红》乐曲在广袤的太空中悠然回响，

向世界昭示日出东方。

"1979年，那是一个春天，

有一位老人，在中国的南海边画了一个圈，

神话般地崛起座座城，

奇迹般地聚起座座金山……"

深圳、珠海、汕头、厦门四个经济特区成立，
成为新时期中国对外开放的标志性事件。
春天的故事，给了多少中国人做梦的勇气
和向梦想靠近的力量！

1990 年 12 月 19 日，
随着时任上海市长朱镕基的一声锣响，
新中国第一个证券交易所——
上海证券交易所正式开业。

与在它之前十年深圳蛇口喊出的
"时间就是金钱"的口号一样，
日新月异的中国不断刷新着国人追求财富的梦想。
民富与国强，
这两者在中国梦中交汇在了一起。

2001 年，一个神奇的年份。

中国正式加入世贸组织，

北京获得夏季奥运会主办权。

"中国赢了！"

笑泪交织的标题飘满全国各大报章。

这一年的最后一天，零点钟声敲响之际，
时任中共中央总书记江泽民发表新年贺词：
全面贯彻"三个代表"要求，
继续坚定不移地走建设有中国特色社会主义的道路。
与各国人民一道，
共同建设一个和平、发展、进步的美好世界。
中国人的心中，
永远有一个天下大同的梦想。

"发展为了人民，发展依靠人民，

发展成果和人民共享。"

2007 年 6 月，

时任中共中央总书记胡锦涛详细阐述"科学发展观"

——第一要义是发展，核心是以人为本。

以人为本，和谐发展。

关注人的价值、权益和自由，

关注人的生活质量、发展潜能和幸福指数，

最终实现人的全面发展。

"幸福指数"一词由此进入普通人的话语体系。

今天的你，幸福吗？

2003 年 10 月 15 日，

浩瀚的太空迎来了第一位中国访客。

航天员杨利伟在神舟五号载人飞船中，

给蔚蓝色的地球拍下一张照片。

坐地日行八万里，巡天遥看一千河。

这是中华民族几千年的飞天梦想啊！

1908 年，

有媒体向国人发问：

"何时中国能举办一场奥运会？"

100 年后，北京，

用"同一个世界，同一个梦想"来回答同一个问题。

2008 年 8 月 8 日，
长长的历史画卷在北京鸟巢国家体育场徐徐打开。
第二十九届奥林匹克运动会在北京隆重开幕。

1902 年，

梁名起在小说《新中国未来记》中

凭空想象出一个"上海大博览会"，

"处处有论说坛、日日开讲论会，

竟把偌大一个上海……都变作博览会场了"。

2010 年，

最具全球影响力的世界博览会在上海举办，

全世界 246 个国家、地区和国际组织的

各种精巧创意、奇妙发明、珍贵文物，

多元文化荟萃于黄浦江畔。

历史的巧合，还是梦想的实现？

走向世界，早已不是梦。

2012 年 10 月 11 日，

中国作家莫言成为首位获得诺贝尔文学奖的中国籍作家。

五千年中华文化，

古老的汉字，优美的汉语，

曾经在漫长的历史中无数次征服世界，

并不需要证明。

这个奖项，不过是对世界的再一次宣告：

这是有梦的中国，一个诗意的国度。

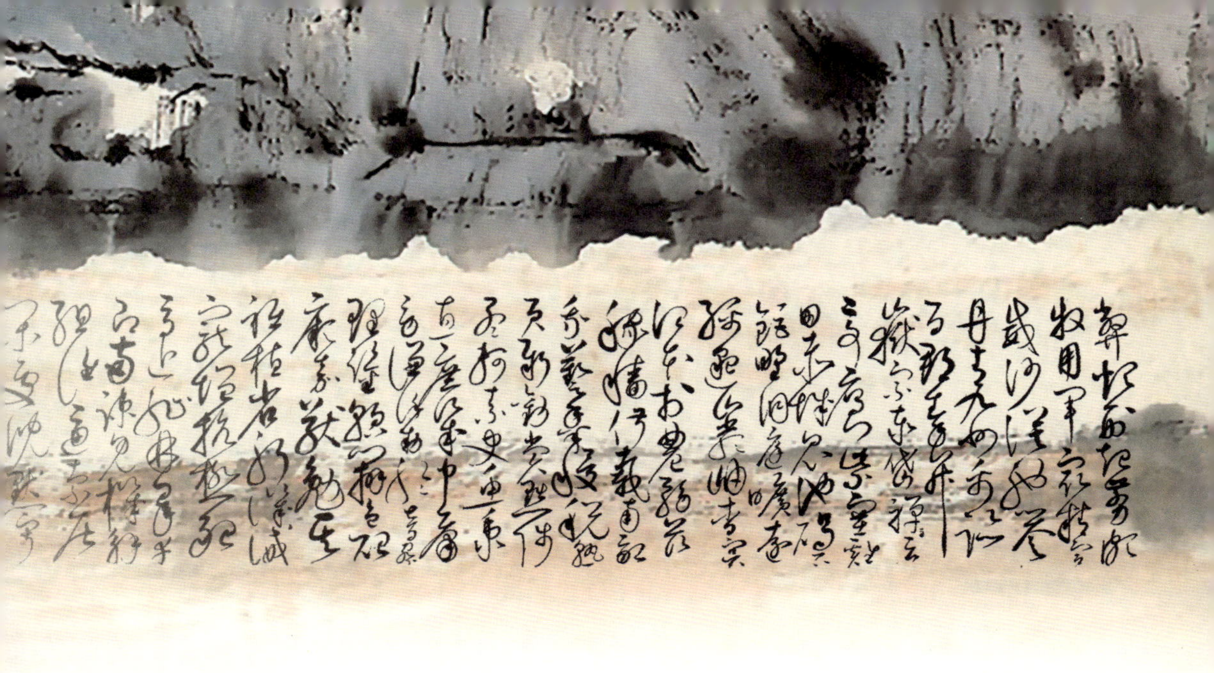

2012 年底，

中国的互联网上掀起了一股“航母 style”热潮。

就在这一年的 9 月 25 日，

中国第一艘航母正式入列海军，

11 月 26 日，舰载机在辽宁舰成功起落。

被网民争相模仿的舰载机导航员下达指令的手势

有个喜感的名字——"走你！"

在梦想的道路上，

中国人，就是这样走着。

梦之向往

当腾飞的翅膀张开，
梦想的脚步无可阻挡。
永远有一个新的起点，
让我们收拾行囊，
走在路上；
永远有一个新的理由，
让我们眺望远方，
憧憬未来！

是否还记得，

你写在小学作文里的梦想？

1978年，全国小学生作文中《我的理想》，

有一半以上的孩子"长大了要当一名科学家"。

就在那一年，
全国科学大会刚刚开过，
郭沫若用诗一般的语言说：
科学的春天来了！
每一个中国人的梦想都是这样，
和时代、和国家一起生长。

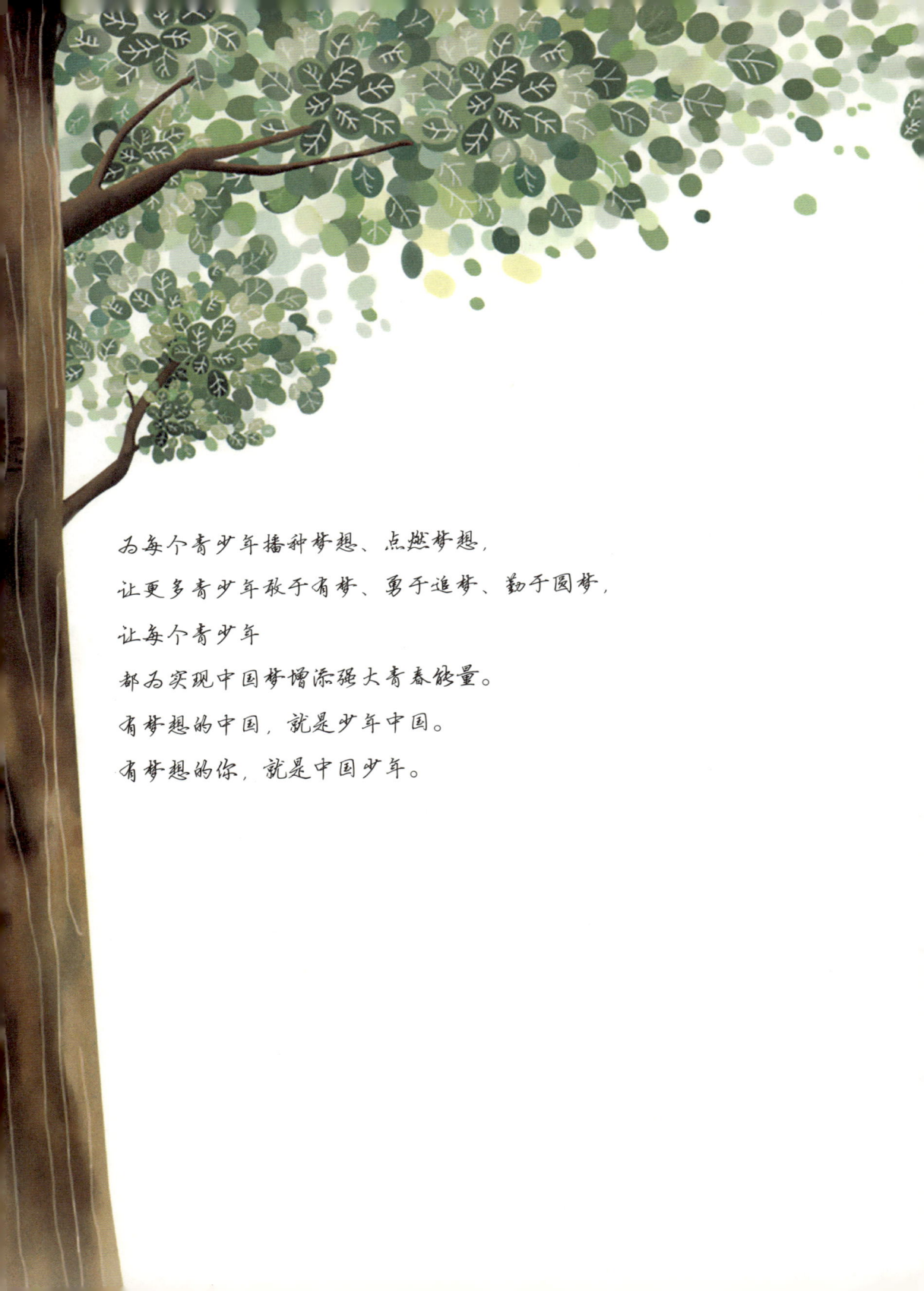

为每个青少年播种梦想、点燃梦想，

让更多青少年敢于有梦、勇于追梦、勤于圆梦，

让每个青少年

都为实现中国梦增添强大青春能量。

有梦想的中国，就是少年中国。

有梦想的你，就是中国少年。

2012年11月29日,

中共中央总书记习近平

来到国家博物馆参观《复兴之路》大型展览,

首次深情阐述中国梦:

实现中华民族伟大复兴,

就是中华民族近代以来最伟大的梦想。

现在,我们比历史上任何时期

都更接近中华民族伟大复兴的目标,

比历史上任何时期都更有信心、有能力实现这个目标。

中华民族的昨天,可以说是"雄关漫道真如铁";

中华民族的今天,正可谓"人间正道是沧桑";

中华民族的明天,可以说是"长风破浪会有时"。

2013 年 3 月 17 日，

习近平以国家主席的身份向全国各族人民庄严宣示：

忠于祖国，忠于人民，恪尽职守，夙夜在公。

实现中华民族伟大复兴的中国梦，

就是要实现国家富强、民族振兴、人民幸福。

这是共和国领导者对祖国、
对人民的情怀和担当：
"中国梦归根到底是人民的梦，
必须紧紧依靠人民来实现，必须不断为人民造福。"
中国梦，人民的梦。

实现中国梦，就要走中国道路。

方向决定道路，道路决定命运。

实现中国梦，必须弘扬中国精神。

传承中国的"根"和"魂"，

依靠我们"民族的脊梁"。

实现中国梦，必须凝聚中国力量。
全国各族人民心往一处想，劲往一处使，
一切美好的东西都能创造出来。

农民、农业、农村，始终是中国人最深的关切。

2013年3月1日，

辽宁大洼县农民朱宝振在家门前挂出了家庭农场的牌匾，

这个普通农民成为个人独资企业的老板。

这是此前两个月中央一号文件首次提出"家庭农场"概念后

全国首批注册登记的家庭农场之一。

你可以不懂这项改革的内容和意义何在，

你只需要知道，

当更多的农民从土地上解放出来，

当他们的际遇不再是我们心中的伤与痛，

中国梦才完整。

没有人知道嫦娥在月宫已经等了多少年。

据说两千多年前的工匠鲁班能削竹制鸟，

飞到天上三天三夜不掉下来。

2013年，一只美丽的"玉兔"终于再次踏上了月宫的表面，

美丽的故事几千年后再次上演。

当年奔月的嫦娥，
有这只玉兔陪伴，她将不再孤单。
未来，我们一定可以乘坐月球摩托，
或者各种各样的月球车
在月球上徜徉、漫游。

让我们聆听习近平总书记对城市未来的描述：
"城市建设要体现尊重自然、顺应自然、
天人合一的理念……让城市融入大自然，
让居民望得见山、看得见水、记得住乡愁。"
这也是每个中国人的梦想！

"故乡何处是，忘了除非醉"；

"露从今夜白，月是故乡明"。

不论贫富贵贱，每个中国人心中都有一个故乡。

回望故乡是游子前行的力量，

美丽中国才能安放中国人独有的乡愁和对未来的梦想。

2014年3月27日，

法国巴黎，

国家主席习近平在中法建交50周年纪念大会上的演讲中说：

当前，中国人民正在为实现中华民族伟大复兴的中国梦而奋斗。

中国梦是追求和平的梦、追求幸福的梦、奉献世界的梦。

100多年前，法国人拿破仑说：

中国是一只睡狮，它一旦醒来，世界会为之震动。

今天，醒来的中国，把自己的梦想带给世界。

梦想的霞光，轻洒在每一个人身上。

让我们记下这些最朴素的梦想，

并期待它终将实现：

期待社会和谐，公民文明。

期待实干兴邦，勇于担当。

期待和平发展，合作共赢。

期待兄弟齐心，其利断金。

期待老有所养，病有所医，住有所居。

期待生态美好，看得见青山，

留得住碧水，免得到乡愁。

国家好，民族好，个人才会好。

"苟利国家生死以，岂因祸福避趋之"，

"位卑未敢忘忧国"，

家国情怀是几千年文明留在我们血液中的文化基因。

中国梦包含着中华民族的复兴心结，

更包含着中华民族特有的理想信念，

那就是把个人命运与民族命运紧紧相连的爱国精神。

成龙的歌里不是这样唱的吗——

"家是最小国，国是千万家。"

珍视每一个梦想，呵护每一次努力，

让更多人享有人生出彩的机会。

梦想有时可以很雄伟，有时也很普通。

虽然普通，但同样值得书写，

今天的中国梦令人动容，

就在于它珍视每一个普通而伟大的梦想。

一位作家说：

"盛世是中华民族的一个梦。

生逢盛世，是每一个中国人对时代的最大期望。"

此时，中国正逢盛世。

只有在这样的时代，我们才敢梦敢想。

中国梦，是一份信仰，

代代国人内心愿望的凝聚；

中国梦，又是一面镜子，

映照出各个时代的造梦能力；

中国梦，还是一把标尺，

丈量出各个时期追梦的进度。

到中国共产党成立100年时，

全面建成小康社会的目标一定能实现；

到新中国成立100年时，

建成富强民主文明和谐的社会主义现代化国家的

目标一定能实现，

中华民族伟大复兴的梦想一定能实现。

请从现在开始你的梦想：
在这两个百年的历史节点上，
你在哪里？

有一次，

我梦见大家是素不相识的，

醒来后，

才知道我们原是相亲相爱的。

——泰戈尔《飞鸟集》

谨以此句纪念我们在这里的相遇